ばあばが小さな女の子
だった時のこと

黒川 金子
KUR
OKAWA Kaneko

文芸社

まえがき

「戦争のない国」。素晴しい言葉だと思う。米寿を超えて生きてきた私は、今でもときどき、あの戦争のことを思い出している。

昭和十六年十二月八日、太平洋戦争が勃発した。でもその時は「日本は強い国。きっと勝つ」と信じていた。しかし日本は負けてしまった。戦争は残酷、非道だ。

しかし世界は今、ロシア、ウクライナ、パレスチナ、イスラエル……と、各地で戦争が起こり、犠牲になった老人や子供達の様子がテレビで報道されている。辛く、悲しいニュースだ。

子供だったあの戦争中のことを、思い出の引き出しを一つずつ開けて、子供達や孫達に伝えなくては、と思った。

出版社の方からの説明を受け、読みやすい〝詩〟の形にした。その他、本のタイトルとばあばのその頃のエピソードも取り入れたら……と長女から言われた。イラストは次女が引き受けて、母娘共同のスタートとなった。

本文イラスト　遠山　欣子

もくじ

戦争中　戦前から戦後のこと

昭和九年十一月生まれの私
八十八歳の米寿が過ぎた
幼馴染みはただ一人
Tちゃんも生まれは同月
戦前戦後を乗り越えて
ずっと続いているよ
当時の本所（現墨田区）は
平和だった

Tちゃんとの出逢い

国民学校（現小学校）一年生（昭和十六年四月）

校門の桜の花に迎えられて
学校生活始まった
おかっぱ頭にランドセル
とても緊張していたみたい
手元に残った写真が語る
唇キュッと噛みしめて
こわい顔の私がいた
一年四組　担任先生　藤巻先生
こわーいこわーい女の先生
でも子どもたちは仲良しだった

元気いっぱい勉強したり遊んだり
平和な日々を送っていたよ
放課後Tちゃんのおうちに行くと
白いおひげのおじいちゃんが
ニコニコ顔で迎えてくれた
そしてお話　いっぱいいいっぱい聞かせてくれた
時にはちょっぴり怖いお話もね
本所の七不思議の一つ　※おいてけぼりは
声色変えて迫ってきたよ
キャッキャキャッキャッと逃げ回る
なつかしい思い出の一つです

※おいてけぼり……魚を釣って帰ろうとすると「置いてけ」と恐ろしい声がするという、昔から伝わる本所近辺の怪談。

家の中での私

家での私の友だちは
ちょっぴり大きなキューピーさんだ
時々遊んだおかあさんごっこは
キューピーさんが赤ちゃんで
私は優しいお母さん
おんぶ紐を持ってきて　よっこらしょと　おんぶする
「ねんねんころり」と歌いながら家の中を歩き回る
後をついて来るのは　猫のミー子
この子も私のお友だち
嫌がるミー子の脚押さえ　おんぶした
よせばいいのに階段を　上ったり下りたりすると

ミー子は必死でもがきだし
私の背中から抜けていった
バランス崩した私は　見事に階段落っこちた
「痛いよう」音にびっくり母さんがとんできた
幸い怪我なしだったけど　いっぱーい叱られた
ケンカ相手のいない一人っ子
こんな馬鹿なことやっていた

家のまわり

隣の家は足袋屋《たびや》さん
優しいおじいちゃん　おばあちゃんの家
「里に行った」とおみやげ持ってきた
手渡された私は　気持ちワクワク紐とくと……
「キャーッ」と叫んでしまったの
小箱の中は　虫・虫・虫がいっぱいに　こげ茶色　あめ色の虫が
放り出そうとした箱を　母が見事にキャッチした
「イナゴの佃煮《つくだに》よ　おいしいよ」
笑いながら教えてくれた　老夫婦も大笑い
栄養いっぱいあるという　私は苦手遠慮した
八十年以上も前の　のどかなある日の出来事でした

下校してまた友だちと遊んでいたよ
夕方　暗くなるまで遊んでいた
「〇〇　ごはんですよ　帰っておいで！」
「〇〇ちゃん　お夕飯だよ」
母さんたちの呼び声が　ちまたに響き渡ってた
でもそんな風景は　続くことがなかったの
秋が過ぎ　やがて冬が近づいてきて
日本中が驚く　一大事件がおそってきた
昭和十六年十二月八日　開戦の日
太平洋戦争勃発《ぼっぱつ》す
米・英・他の大国と
戦争が始まった
でも日本は神の国
いざという時　※神風吹いて

敵の軍艦やっつける
そんな言葉を信じていたの
夢物語だよね
最初の頃は　日本は優勢
ラジオのニュースに人々は
やっぱり日本は強いんだと勘違いしてた

※神風吹いて……奇跡のように、思いがけない幸運に恵まれることをこのように言った。

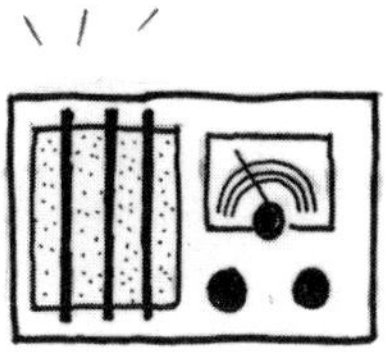

そんな中でのわたしのイタズラ

我が家は小さなお菓子屋さん
母はお店の主人です
その頃　お菓子は並んだケースに入れていて
お菓子の名前が貼ってあったの
ある日　母に留守番頼まれて　お店番
ちょっとイタズラしたくなり
まだホヤホヤの一年生は
キャラメル　ビスケット　カリントウ
お菓子の名前に　濁点《だくてん》つけてしまった……
母帰宅　私は外に飛び出した……

遊びつかれたな　帰宅して……
母にいっぱい叱られた
あの後　店にお客さんが来て
お年をとられたおばあちゃんが
「あのお菓子ください」
「はい　いらっしゃいませ　何になさいます」
すると
「この　マゴロンというお菓子を……」
「マゴロン?」
母はケースを見てびっくりした
「あ、すみません　マコロンといいます」
お詫びして　量り売りしたという
その夜の母は仕事から帰宅した父の手を借り
正しい名前に書き直していた

ビズゲッド　アンゴダマ　ガリンドウ
いやいや　イタズラ過ぎました

この頃の町の中

平和だった町の様子は変わっていった
時々※サーベルつけた※憲兵が
鋭い目付きで町の中を
闊歩《かっぽ》する日が増えてきた
国に逆らう人いれば
すぐに憲兵駆けつけて
連れ去られるというご時世に
恐ろしい世の中になっていく

でも子どもたちはまだ元気
男の子たちは　めんこ　チャンバラから

戦争ごっこに変わっていった
兵隊さんはあこがれだったか？

一番元気なA君は
戦争ごっこで疲れ果てて
とっとと眠りについてしまい
夜遅く　A君のお母さんが
「今日　宿題は出ているかな？」と
紙と鉛筆持ってきたこともある

※サーベル……腰から下げる、片手で扱えるような軽い刀
※憲兵……警察のような役割を持つ軍隊

戦争とは

「ごはんですよ　帰っておいで」
夕暮れ時の母さんたちの呼び声消えて
※灯火管制《とうかかんせい》の命《めい》下ると
外に灯りがもれないように
電気は黒い布で覆い
外灯は消えて外は真っ暗　暗闇に
せまい我が家の土間にも
※防空壕《ぼうくうごう》が掘られたの
鍋・釜・やかんに※五徳《ごとく》まで
鉄製品は全て供出に
そうそう指輪もネクタイピンも

全て軍機の部品になるという
町の中の食堂は
丼や　アルミの鍋を
抱えた人の列が
長く長く続いていたよ
配給の雑炊求めるためだった
私の母も　エプロン姿で並んでいた
あちらの家　こちらの家の
※疎開《そかい》が始まる
空き家は　どんどんこわされて
町の中は歯抜けのように
主《あるじ》の去った家の跡に　猫の鳴き声悲しく響く

※灯火管制……夜間、空襲の標的にされないよう、灯火を消したり黒い色の布で覆ったりして光がもれないようにすること。
※防空壕……戦時中、空襲などから身を守るために穴を掘るなどして作られた、主にトンネル状の施設のこと。
※五徳……火鉢などの炭火の上に設置して、鍋ややかんなどを置くための、鉄でできた器具。
※疎開……戦争時、敵の攻撃による被害を少なくするため、都市部に住んでいる人たちが、一時的に地方に避難すること。

学童疎開

学童も強制疎開の命下り
私は縁故《えんこ》で祖父母の元に
仲良しTちゃんも縁故です
多くの友は集団疎開で
みんなバラバラ……
でも会えるよね……と思ったのに
再会することはなかったよ
戦争のせいだ
ただ　Tちゃんとは　手紙書くねと約束した
細々ながら文通は続き
貴重な貴重なつながりとなった

祖父母の家は小さな山村
空襲警報のサイレン鳴っても
爆弾落ちることはなかった

山と山の間を抜けて
※B29が通り過ぎていく
白い飛行機雲なびかせて
キーンという音たてて
「※鬼畜米英《きちくべいえい》やっつけろ
日本は強いぞ　負けないぞ！」
男の子たちは叫んでいた

汗水流して収穫した米や麦

供出となって出荷の命が
これもお上からの強い伝言
米が足りなくなって家では
※ふすま　豆かす……
食べることに……
牛　馬　家畜の飼料です

チリ紙（ティッシュ）　ノート　半紙など
紙製品も手薄になって
おトイレなども新聞紙切って　使っていたの
ザラザラ紙は　オシリさんが
痛い痛いと泣いていた

※B29……戦時中、日本に空襲をもたらした、アメリカの爆撃機。
※鬼畜米英……戦時中「敵」であったアメリカ（米）、イギリス（英）を鬼畜、動物に値するという意味で使った言葉。
※ふすま……小麦を製造するときに出る皮や胚芽の部分で、主に家畜の飼料として使われる。

まだまだ続く戦争中

「ぜいたくは敵だ
欲しがりません　勝つまでは」
ちまたに広がるこの言葉
欲しがりませんなんていったって
欲しいものなんてありゃしない
この世の中から消えていた

「あの店のパンおいしいね　クリームパンは最高だね」

「アイスは○○メーカーが　グー！」

「イタリアンは○○が」

イタリアン　それは何？

ねえ子どもたち　この日本に
こんな時代があったなんて
信じることができるかな
アメリカやイギリスと
戦っていたことを知っている？
本当のことだよ　本当だよ
そんな時代に　ばあばたちは生きていたの

出征する兵隊さんたち
○○さんのお父さんも
幼顔残っている　隣の家のお兄さんも
毎日毎日この駅から出征した
「お国のために頑張ります」
最敬礼する兵隊さんたち

いくつかの軍歌に送られて
晴れの日も雨の日も
日の丸の小旗がちぎれるほど振っていた
後に襲ってくる悲しみなんて
誰も信じていなかった
日本は必ず勝つからね

銃後の守り村人たち

若い男性少なくなって
お年寄りから女性まで
※銃後の守りと　多忙な日々を過ごしていた
空襲に備えて
バケツリレー　※なぎなたなども
戦地にいる兵隊さんにと
※慰問《いもん》袋作り　※千人針もと
お国のため　お国のためと
がんばっていた
みんなみんな辛かったけど
遠い戦地で戦っている

兵隊さんのこと考えたら
文句は言うな……

お弁当を紹介しよう
アルミの弁当箱には
ご飯少々　豆かす　ふすまの中に
梅干し一つ
おかずはたくわん三切れか四切れ
日の丸弁当と言っていた
秋は蒸かしたサツマイモだけ
ソーセージ？　卵焼き？
とんでもない

夕食だって　ご馳走なし

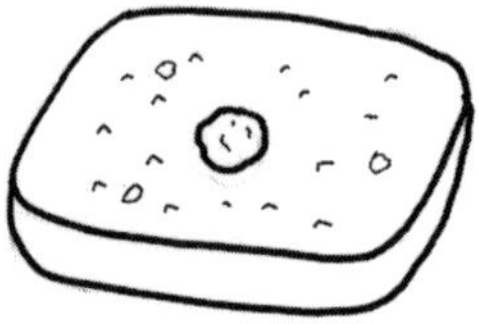

雑炊　すいとん
ごった煮の鍋を真ん中に
家族が囲い　お玉ですくう
みんな　スーッとのみこんでいた
水のような雑炊に
母さんたちは大変だったな
どんなに食事の苦労をしたかと
もっともっと聞いておけばよかった
今になって反省しきりです

そんな日々続く中
役場の人が隣の家にやってきた
「○○さん　ご苦労様でした
名誉の戦死です」

深々頭を下げていた
「おめでとうございます　出征です」
※赤紙持ってやってきた時と大逆転
凱旋《がいせん》どころか戦死とは……
日の丸振った兵士を送った駅は
白い布に包まれた
無言の帰国が続いていた
白い布の箱の中は　お骨《こつ》なんてなしという

※銃後の守り……戦闘に参加する軍隊が消費する資源・物資の供給を支え、戦争の遂行と勝利を支援すること。
※なぎなた……戦時中、女子教育で普及した武道。
※慰問袋……戦地にいる兵士のために、日用品から食料品、絵画、手紙などを入れて送った袋。
※千人針……一枚の布に、女性たちが一針ずつ糸を縫い付けて結び目を作っ

たお守り。出陣する兵士に贈られた。
※赤紙……陸海軍に来る召集令状で、用紙の色が赤かったことからそう言われた。

敗戦の色濃く

昭和二十年三月十日
私の住んでた本所下町は
大空襲を受け
あたり一面　火の海に……
きっと会えると約束した友　友は
親きょうだいを失った
あちらこちらに空襲続く
五月二十五日には山の手も
八月六日は広島に
恐ろしい爆弾落ちた
※ピカドン　白く大きなキノコ雲

空いっぱいに広がった
黒焦げになった市町村
八月九日は長崎に
同じピカドン落ちたと
原子爆弾というその爆弾は
七十九年経った今もまだ
苦しんでいる人も多々
その恐ろしさが続いてる
核の被爆は　世界広しといえど
我が国日本だけがこうむった
絶対忘れてはいけないよ
戦争は絶対やってはいけないと
声を大にして叫んでる

※ピカドン……広島、長崎に投下された原子爆弾のこと。「ピカ」と光って
「ドン」という爆音があったことから言われた。

終戦

昭和二十年八月十五日　終戦の日
日本は負けた
神風信じてた私たち子どもは
どうして吹いてくれなかったの？
馬鹿な話なのに……
あちらこちらに　父も母も
祖父も祖母も　お隣のお父さんたちも　お母さんたちも
泣き声が続いていた
暑い暑い夏の日の正午だった

戦後

戦後の日本は　どんどん変わって
軍国主義はなくなって
自由の世界がやってきた

学校も　男の人も　女の人も
大人も子どもも
一歩一歩と歩き始めた
※ヤミ市　戦後のどたばたに　とても語りつくす事できないけれど
そんな時代を一生懸命　乗り越えてきた
今の平和な時代が築かれた
先人たちの苦労あっての今の時代

肝に命じて生きてほしい

しかし悲しいことに
ロシアがウクライナに
戦争しかけている
なんで　なんでと聞きたいよ
人の命は　とても大切なもの
国の頭になっているのに
なぜわからないのかな
子どもたち　みんな戦争反対叫んでね

※ヤミ市……終戦直後、配給制度では食料や物資が足りず、駅前の空き地などに多くの店が非合法に開かれた。

あとがき

幼なじみのTちゃんとは、それぞれの祖父母の許に疎開し、〝お手紙書こうね〟と約束して住所を交換した。ほそぼそだけど文通は続いていた。

昭和二十年三月十日の東京大空襲で、両親を亡くされたTちゃんだった。多くの友達が皆同じだったと後になって知った時、とても悲しく、私は大泣きしてしまった。

ちなみに私の両親は、父が昼間は仕事、夜は警防団の応援に駆り出されていて、休む暇もない生活の中、体調を崩し入退院を繰り返し、祖父が心配して私の許に呼び寄せたので無事だった。また、猫のミー子は引っ越しの準備をしている時、大好きな父の布団で死んだという。母はお寺に供養のお願いをしたそうだ。


ずっと文通を続けていたTちゃんとやっと会えたのは、お互いのお姑さんを見送ってから、七十歳を過ぎてからだった。

悲しくて辛かった時を乗り越えてきたTちゃん。笑顔だった。

同じ十一月生まれ、一人っ子同士の私達は、米寿の時「よくがんばってきたね。おめでとう」のエールを交換した。たった一人の幼なじみだ。八十年以上も続いた文通に感謝した。すごいと思う。

知人のAさんも縁故疎開したが、いつも疎開先の人の顔色を窺い、オドオドした日々だったと言う。やはり空襲で両親を亡くされていた。

当時女学生だった叔母はこう言っていた。

「学徒動員で毎日工場に通い、飛行機の部品作りをしていたが、あの日、別の工場に出向いた上級生達が、焼夷弾の攻撃を受け、全員死亡したの。一つ間違えば私達が……と震えが止まらなかった」

私が社会人の時の、先輩の話。

「当時女学生の私は、仲間達や同級生と工場通いをしていて、あの時も空襲警報のサイレンが鳴っていつものように外に飛び出したの。その時友達が転んでしまって。〝先に行って〟と言う彼女の腕を引っぱろうとした時、切り裂くような爆音がして、思わず耳をふさぎ、二人重なり合って身体を伏せたの。少し時間が経って目を開けた時、前方の集団は……。とても言葉に出せない。今も時々〝二人は生きていてよかったのか？〟と自問自答

している の」

涙でいっぱいになった。

私の住んでいた町も、若い女性達は泊まり込みで市の工場に派遣されていた。そこは海辺に近い場所だったので、※艦砲射撃を受けて多くの方が亡くなられた。

亡夫も当時中学生で、登校とは名ばかり、毎日工場通いだったと話していた。

私の体験は小さなことかもしれないが、戦争は絶対反対と声を大にして叫びたい。

筆者

※艦砲射撃……軍艦に備えつけた大砲で相手を射撃すること。

著者プロフィール
黒川 金子（くろかわ かねこ）

昭和９年11月15日　東京生まれ
　　　16年４月　国民学校入学
　　　19年７月　静岡県に縁故疎開
　　　28年４月　社会人
　　　33年１月　退社
　　　33年３月　結婚
　　　　　　　　現在に至る

ばあばが小さな女の子だった時のこと

2024年７月15日　初版第１刷発行

著　者　黒川 金子
発行者　瓜谷 綱延
発行所　株式会社文芸社
〒160-0022　東京都新宿区新宿1－10－1
電話　03-5369-3060（代表）
03-5369-2299（販売）

印刷所　株式会社暁印刷

ISBN978-4-286-25462-3